和爸爸一起散步

〔美〕艾莱沙·库珀／著·绘　　石诗瑶／译

GUANGXI NORMAL UNIVERSITY PRESS
广西师范大学出版社
·桂林·

和爸爸一起散步

He Baba Yiqi Sanbu

出版统筹：张俊显
项目主管：石诗瑶
策划编辑：柳　漾
责任编辑：陈诗艺
助理编辑：曹务龙
责任美编：邓　莉
责任技编：李春林

著作权合同登记号桂图登字：20-2016-160 号

图书在版编目（CIP）数据

和爸爸一起散步／（美）艾莱沙·库珀著、绘；石诗瑶译 . 一桂林：广西师范大学出版社，2018.12（2019.6 重印）
（魔法象 . 图画书王国）
书名原文：A Good Night Walk
ISBN 978-7-5598-0962-9

Ⅰ . ①和… Ⅱ . ①艾…②石… Ⅲ . ①儿童故事 – 图画故事 – 美国 – 现代 Ⅳ . ① I712.85

中国版本图书馆 CIP 数据核字（2018）第 130265 号

广西师范大学出版社出版发行

（广西桂林市五里店路 9 号　邮政编码：541004）
网址：http://www.bbtpress.com

出版人：张艺兵

全国新华书店经销

北京盛通印刷股份有限公司印刷

（北京经济技术开发区经海三路 18 号　邮政编码：100176）

开本：787 mm × 1 092 mm　1/16

印张：2.5　　插页：8　　字数：30 千字

2018 年 12 月第 1 版　2019 年 6 月第 2 次印刷

定价：42.80 元

如发现印装质量问题，影响阅读，请与出版社发行部门联系调换。

送 给 佐 薇 。

说晚安前，我们出去散散步吧！
沿着这条街走一走，看一看。

邻居修剪好了草坪，

正坐在红色手推车上休息。

听！橡树的叶子在风中低吟。

高高的树枝上，一对松鼠蹦蹦跳跳，闹个不停。

它们从电话线跳到晾衣绳上，接着跳到旗杆上，

你追我赶，向喂鸟器跳去。

鸟儿扑打着翅膀围了过来。

一只小猫慢悠悠地走到苹果树下。

好香啊！有人在做苹果派。

纱门开开关关，咿咿呀呀地响。

几个男孩忙着修剪草坪，剪下的杂草倒进了垃圾箱里。

邮递员来了，这是今天最后一封信。

看，到了海湾。

长长的船停在这儿，圆圆的月亮挂在天上。

我们往回走吧！

他们在一起读信。

男孩把垃圾箱推回到路边。

纱门不响了，

他们在吃苹果派呢。

猫要回家睡觉了。

鸟儿不吵也不闹。

国旗拿下来了，衣服也收回去了。

电话线嗡嗡地响，松鼠不见了身影。

风停了。

橡树也安静了。

邻居收好了手推车，

关了所有的灯。

到家了，该睡觉了。

明天早上，我们还去散散步吧！

再沿着这条街走一走，看一看。